Pensamentos de Travesseiro

Pensamentos de Travesseiro

Courtney Peppernell

Tradução
Luisa Geisler

Copyright © Courtney Peppernell, 2017
Esta edição foi publicada mediante acordo com a Andrews McMeel Publishing, uma divisão da Andrews McMeel Universal através de Editores Internacionais & Yáñez Co' S.L.
Copyright © Editora Planeta do Brasil, 2024
Copyright da tradução © Luisa Geisler, 2024
Todos os direitos reservados.
Título original: *Pillow Thoughts*

Preparação: Mariana Silvestre de Souza
Revisão: Edgar Costa Silva
Projeto gráfico e diagramação: Márcia Matos
Ilustrações de capa e miolo: Ryan Gerber
Capa: Diane Marsh
Adaptação de capa: Isabella Teixeira

Dados Internacionais de Catalogação na Publicação (CIP)
Angélica Ilacqua CRB-8/7057

Peppernell, Courtney
　　Pensamentos de travesseiro / Courtney Peppernell ; tradução de Luisa Geisler. – São Paulo : Planeta do Brasil, 2024.
　　272 p. : il.

ISBN 978-85-422-2711-6
Título original: Pillow Thoughts

1. Poesia australiana I. Título II. Geisler, Luisa

24-1952　　　　　　　　　　　　　　　　　　　CDD A823.1

Índice para catálogo sistemático:
1. Poesia australiana

Ao escolher este livro, você está apoiando o manejo responsável das florestas do mundo.

2024
Todos os direitos desta edição reservados à
EDITORA PLANETA DO BRASIL LTDA.
Rua Bela Cintra, 986 – 4º andar
Consolação – 01415-002 – São Paulo-SP
www.planetadelivros.com.br
faleconosco@editoraplaneta.com.br

"Como músicos, poesia sempre teve um lugar especial em nossa vida. Descobrimos *Pensamentos de travesseiro*, e foi um dos livros mais gostosos que lemos em muito tempo!"
– The Chainsmokers

Agradecimentos

Um agradecimento especial para as pessoas e instituições a seguir:
James De'Bono
Emma Batting
Patty Rice
Ryan Gerber
Kirsty Melville
Andrews McMeel Publishing
Minha família
Minha parceira, Rhian
Sem cada um de vocês, este livro de poemas não teria sido possível!

X: @CourtPeppernell
Instagram: @courtneypeppernell
E-mail: courtney@pepperbooks.org

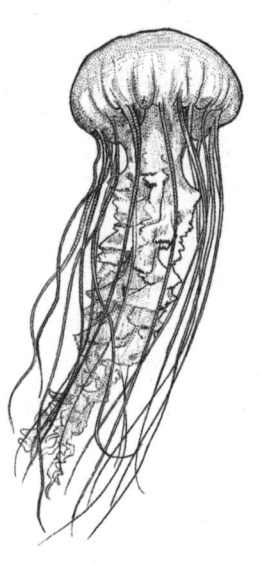

Antes de começarmos, quero compartilhar uma história.
Era uma vez uma água-viva. Seu nome era
Você.
Você se perdeu às vezes
Você podia ter um pouco de incerteza
Você se esforçou muito
Mas, às vezes, não parecia suficiente.
Odeio estragar o final
Mas Você está bem
Você ainda está aqui
Você vai conseguir.

Para Rhian

Lista de pensamentos

Se estiver sonhando com alguém 15

Se estiver apaixonada 37

Se estiver de coração partido 65

Se estiver solitária 97

Se estiver triste 117

Se estiver com saudades 143

Se precisar de encorajamento 167

Se estiver olhando para si 193

Se precisar de um motivo para ficar 221

Estes poemas são para você 247

Se estiver sonhando com alguém

Flores na soleira da sua porta

Você merece flores na soleira da sua porta
e café de manhã.
Você merece bilhetes deixados no painel do carro
e sundaes às três da manhã.
Você merece honestidade todos os dias
e beijos a cada hora.
Merece que se lembrem de você
e da sua beleza.
E se me deixar,
vou mostrar todos os dias.
Prometo.

Pensei em beijar você hoje
e ontem
e no dia anterior.
Sei que vou pensar em beijar você
amanhã
e no dia posterior
e dias mais depois desses.
Penso em beijar você
devagar
e tracejando os dedos por
seus lábios.
Penso em beijar você
no carro, na chuva, na soleira da sua porta.
Penso em beijar suas
covinhas, bochecha, pinta.
Penso em beijar só você
e ninguém mais
só você.

Perdi o equilíbrio desde o dia em que conheci você. Isso porque nunca soube como é estar perfeitamente alinhada.

Se me deixar,
trataria você como o céu.
Eu juntaria todas as suas inseguranças,
amontoaria seus defeitos
criando uma constelação nova,
e buscaria por ela infinitamente.
Sei que você não se vê
como eu te vejo
e ainda discorda
quando te chamo de linda.
Mas todas as coisas que você não suporta
em você
são coisas sem as quais
não consigo passar nem um dia sem.
Se você me deixasse,
eu construiria um observatório
só para mostrar
que todas as estrelas do universo
nunca vão brilhar com tanta luz
como você.

Se eu amasse você, você se transformaria no meu balão. Eu amarraria sua cordinha no meu dedo, e nunca deixaria você voar para longe. Até que um dia, quando você quisesse, nós sairíamos voando junto.

Deveríamos nos beijar.
Não porque você cruzou meu caminho por acidente
mas porque você parou
e eu nunca mais fui a mesma.

Nunca esperei que você subisse à minha cabeça, mas agora seu nome corre pelas minhas veias e não consigo impedir que entre por inteira em mim.

Você está imersa em promessas rompidas
de pessoas que disseram que nunca partiriam.
Às vezes, com medo da sua própria pele
e das cicatrizes que se aprofundam até as veias.
Será que está pronta?
Será que está pronta
para alguém que viraria você do avesso?
Ninguém ousa descascar todas as camadas da sua pele
Todas essas feridas,
você é uma bagunça.
Será que está pronta?
Será que está pronta?
Porque quero sua pele ferida.

Esta sou eu.
Sou o olho da tempestade e meu coração está um pouco partido.
Mas se me quiser, sou sua.

Eu me maravilho até com a forma que você anda, e mesmo assim você passa reto por mim.

Mas o que mais eu deveria fazer
com seus olhos tão azuis e seu cabelo, que só faz esplandecer?
E meu coração se agita com o som do seu nome
só que você sorri como uma amiga ao me ver.
Pior que a chuva, sou uma bagunça sem fim
porque você não tem ideia de que me sinto assim.

As dores nos meus braços ainda me surpreendem, mesmo anos depois de soltar você.

Você é a pinta no meu nariz, e eu sou a pinta nas minhas costas. Compartilhamos o mesmo espaço, mas nunca estaremos juntas.

Podia jurar que nunca mais seria feliz no dia que você disse "Melhor sermos só amigas". Mas o mundo segue em frente mesmo quando amores se separam. Então vou continuar com a esperança de encontrar outro amor algum dia.

Seu coração é o sol e sua gravidade
Me puxa mais perto de você a cada dia.
Mas o sol destrói tudo o que toca;
Ao menos é isso que se dizia.

A vida é curta demais para joguinhos, exceto de cartas.
Não responda a mensagem na mesma hora; se gostar dela, finja que não;
e nem pense em dizer eu te amo primeiro.
Ora, dane-se isso tudo.
Vou responder você em três segundos; vou dizer que gosto de você; e se eu amar você, vou falar a cada oportunidade.
Viver é imprevisível, prefiro jogar todas as cartas com a honestidade que tenho do que acabar com uma mão cheia de arrependimentos e *e-ses*.

Eu me pergunto com frequência
o que faria o coração de alguém esfriar
e acho que talvez o motivo seja porque
o coração da pessoa ficou na chuva.
E assim, em dias chuvosos, tenho dificuldade
porque ainda não sei como convencer você
que vou estar lá fora, na tempestade
com um guarda-chuva de tamanho exato
para cobrir seu coração.

Uma amoreira e um banco de parque

Tem uma amoreira e um banco no parque. Sento com uma flor no colo e observo você fingir não me notar. Alguns dias, você se senta do meu lado no banco do parque e se aproxima um milímetro, e nós coramos com a sorte de nos ver de novo. Mas aqui estamos no banco do parque com a amoreira, só porque você me notou de verdade.

Não falamos com palavras.
Falamos com um gentil roçar de ombros, um olhar do outro lado
da sala, uma porta aberta, um sorriso ao passar, um acelerar
do coração ao ver você caminhar até a entrada.
Existe poder no silêncio,
e por mais que não digamos uma palavra,
sabemos que uma só quer a outra.

Nem todos podem ser artistas
e tenho que admitir que não sei pintar.
Mas se eu fosse adotar uma paleta
todas as minhas cores seriam de você.

Se estiver apaixonada

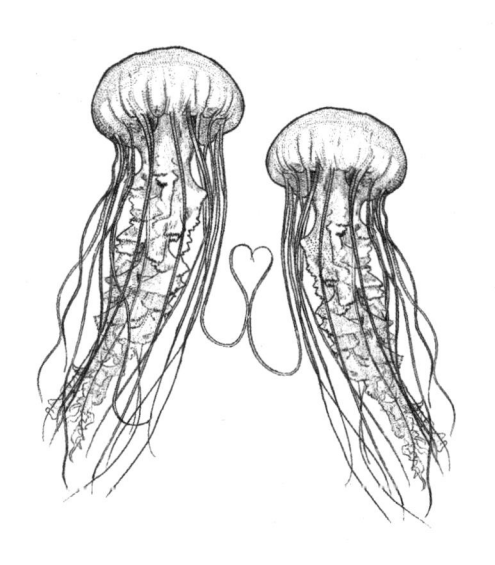

Você me faz lembrar de casa e
de todas as coisas simples na vida,
da luz e do amor, dos motivos que não estou sozinha.
Você me faz lembrar da esperança,
do mar e do céu,
a cada abraço e cada beijo dos seus lábios às suas coxas.
Voei pelo mundo inteiro e não conheci ninguém como você,
porque você é tudo para onde continuo voltando.

O amor não é sempre rosas, mel e chá. Às vezes, é difícil ser você, e às vezes é difícil ser eu. E à noite, se ficamos inquietas e nosso amor parece não fazer sentido, saiba que vou lutar por nós. Porque eu amo você, e sei que você me ama.

Dizem para não se apaixonar por escritores
porque seus poemas
são uma bagunça
e suas letras
são palavras vazias
ajeitadas para parecer bonitas.
Mas eu digo:
se apaixone por mim,
porque debaixo da bagunça
e por entre as linhas
tem um coração cheio demais de amor
que te seguiria a qualquer cidade.

Amor,
pode me beijar se pensar que precisa
sentir segurança.
Porque meus lábios querem conhecer
todos os lugares
em que machucaram você
Para poderem fazer toda a dor
Ir embora correnteza abaixo.

Se eu fosse construir uma casa
usaria seus braços como as paredes,
seus olhos como as janelas,
seu sorriso como a porta da frente,
seu coração como a lareira
e sua alma como a luz.
E, nesta casa,
colocaria minha fé
sabendo que enfim
encontrei um lar.

Você sabe que às vezes são os pequenos detalhes
que consomem mais espaço no coração.
O nervosismo que sentem
quando você diz que vê sua beleza;
a forma como riem
mesmo quando não era uma piada,
a forma como estendem o braço para você, encontrando você
no escuro
mesmo se seus olhos estão
fechados.

Tem coisas que não posso controlar
e memórias que nunca posso apagar,
e nos momentos que não me sinto completa,
sempre buscarei seu rosto.
Você é todas as estrelas queimando no céu,
você é cada folha dourada na árvore mais alta dos planos,
você é uma amostra, um floco de neve, e cada vagalume,
e eu ainda vou te amar mesmo aos oitenta e três anos.
Vou estar ao seu lado a cada novo dia
mesmo quando as pessoas forem malcriadas,
porque você é linda apesar dessa gente fofoqueira
e você é tudo que sempre quis encontrar.
Em todos os lugares que visitaremos,
que um dia você será minha parceira,
acho que nós duas já sabemos
que sou sua em todas as vidas inteiras.

Amor,
Sei no meu coração, nem questiono
mesmo nunca tendo encontrado as palavras para dizer.
Você é a pessoa que me emociona;
é por você que me apaixono todos os dias sem perceber.
Quando tudo não parece bem,
olho para você
meu sol, minha lua, a luz da manhã que vem,
minha felicidade azul sem porquê.
Com você, sempre sinto confiança
e todos os dias que te vejo meu coração balança.
Você é meu lar, amizade,
a graça salvadora que me amansa.

Beijar você parece o começo de uma nova estação do ano, o sol no começo da manhã, e a luz da lua refletindo no oceano. Nunca tem um momento sequer que eu deixe de pensar nos seus lábios e a sensação que causam quando tocam os meus.

Se está apaixonado e o amor é correspondido, seja grato. Porque se você der o amor como uma coisa que pode ser ofertada, ele também poderá ser tirado.

Deitada na cama, ao seu lado,
você abria um sorrisinho
porque minhas mãos
vagavam pela sua coluna.
Você me olhou,
e perdi noção de tudo.
Porque me dei conta
de quanto
desejo estar dentro de você.

Escrevi isso pensando em você
e como se você fosse um livro,
você seria uma aventura, um misto de tristeza e alegria,
e amor perdido no meio.
Você me lembraria do céu, das montanhas,
constelações e cafeína,
Você seria cheia de páginas
que me fazem sorrir, mas também desmoronar.
Você teria o perfume de história com uma lombada gasta
e tinta que ainda mancharia.
Você seria o livro que eu
sempre tiraria da estante para ler.

Gosto de sonhar com espelhos,
que tem um mundo dos espelhos em algum lugar
Um pouco como o nosso, mas diferente ao mesmo tempo
E você e eu somos diferentes
Mas estamos juntas.
Gosto de acreditar que qualquer mundo que estejamos
Estamos apaixonadas
E juntas.

De todos os mapas do mundo, o único que vou seguir é o mapa para o seu coração.

Tive um sonho de que eu vivia sob minha pele,
perdida e vagando pelo meu corpo.
E na minha mente, havia retratos na parede,
e eram de todas as pessoas que já amei.
Mas no meu coração tinha apenas um quadro emoldurado,
e ocupava quase todo o espaço.
Uma única foto
de você.

As pessoas deveriam se apaixonar mais. Se apaixone pela forma que seu café gira em espiral assim que você acrescenta leite. Se apaixone pelo olhar que seu cachorro lança quando você acorda. Se apaixone pelo momento raro em que seu gato não ignora você. Se apaixone pela pessoa que lhe desejar um bom-dia. Se apaixone pelo garçom que lhe dá uma porção maior de batatinhas. Se apaixone por suéteres no inverno e limonada gelada no verão. Se apaixone pelo momento que sua cabeça toca o travesseiro. Se apaixone por falar com alguém até às quatro da manhã. Se apaixone pelos dias em que você pode deixar a soneca tocar no alarme, de novo e de novo. Se apaixone por quando um amante encara você por cinco horas. Se apaixone pelas estrelas quando olham para você. Se apaixone pelo som de alguém respirando. Se apaixone pelo ônibus se está no horário, e pelo trem se vier cedo. Se apaixone por tudo que for possível.

E se a lua pudesse falar?
Me pergunto se ela contaria à noite
o quão linda ela é
com todas aquelas estrelas brilhando forte.

O mundo ainda tem muito amor para dar, e eu vejo; espero que aqueles cegados pelo ódio e raiva sintam isso. Um amor tão fervoroso que fica da cor de cerejas, e velas, e batom. E, enfim, eles verão o mundo com todo o seu amor para dar.

Vou te amar mesmo que não fiquemos juntas. Mesmo que você vá embora, ainda vou te amar. Vou te amar mesmo se você se casar com outra pessoa e, nos dias mais frios do ano, passar as noites desejando que tivesse casado comigo no fim das contas, porque ninguém sabe acender o fogo da sua alma exatamente do jeito que eu sei.

O amor nos faz tanto felizes quanto tristes, e não tem uma
alma viva no mundo
que tenha conseguido entender o porquê.

Quando você aceita um amante que descortina todos os seus defeitos, escuta a essência de quem você é e te abraça em vez de julgar, segure firme neste amor por uma vida toda, já que nunca vai encontrar um amor tão puro quanto.

Mas o mundo está exausto, e a única riqueza que nos resta é o amor.

Vai te pegar de surpresa um dia. Vai causar tanta surpresa que você pode chegar a se desconcentrar. Num momento você está vivendo ociosamente, e, no outro, a pessoa está na sua mente em quase todos os instantes. Você vai perder o sono na próxima vez que ouvir sua voz. Pode até mesmo notar que sonha acordado com um futuro juntos. Um dia, você está comprando café todas as manhãs e, no outro, não consegue nem fazer o pedido sem pensar no que ela vai querer também.

Você me lembra de que meu coração ainda está vivo,
porque sempre que você chega em casa
ele acelera tanto
que eu volto à vida.

É o último dia do ano,
e eu ainda me perco
em bons livros
e chá quente,
nessas noites silenciosas
e em escrever seu nome
no meu para-brisas.

O que me faz sorrir

Você
na luz da manhã
depois de fazer amor
a noite toda.

Espero que encontre alguém que nunca faça você questionar seu próprio valor. Espero que encontre alguém que busca sua felicidade com a mesma intensidade da sua própria. Espero que encontre alguém que te apoia nas coisas que apaixonam você. Espero que encontre alguém com quem possa rir e ficar em silêncio, compartilhar seus segredos mais profundos. Espero que encontre alguém que seja amante, parceiro e amigo. Espero que encontre alguém que trata você como uma pessoa igual, que aprende e cresce com e ao seu lado. Espero que encontre alguém que aprecia todos os pequenos detalhes que definem quem você é. Espero que encontre alguém que respeite seu coração, sua família, seus valores. Espero que encontre alguém que te lembre de que você merece todo o amor que dá.

Se estiver de coração partido

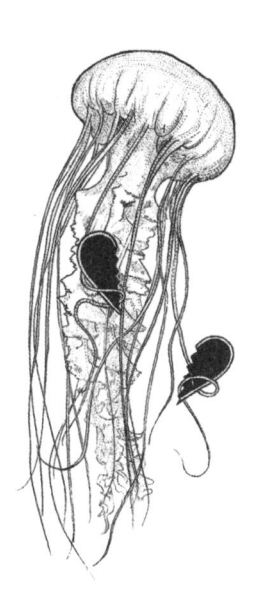

Tentei parar de amar você,
então construí paredes ao redor do coração,
achei nomes em cadeia
para sussurrar no meio da noite.
Mas você se talhou nas minhas veias
querendo ou não.
E, às vezes, me pergunto
se você se lembra da forma que a gente se olhava
ou talvez tenha só esquecido.

Talvez seja só mais fácil sorrir e fingir que tudo está bem, em vez de admitir que meu coração está um pouco cheio de perder algo que nem era meu.

Você me contou que eu era sua rosa, mas no inverno você voltou a sua atenção para todas as outras flores no jardim, em vez de recolher minhas pétalas caídas.

Meu coração não fica no meu corpo;
está soterrado sob o castelo que você queimou.
Eu ainda estou aqui,
uma casca vazia com olhos vermelhos
e um sorriso falso.

Às vezes me pergunto se, de todos os adeuses que você já deu, se o meu é o único que você não consegue tirar da cabeça.

no fim
nós
isso significa eu e você
nunca estivemos
destinadas a ser.

Você não tinha que dizer nada naquela noite; você mostrou tudo com o corpo e os olhos. O jeito que se sentava do meu lado, você ficava perto o suficiente para alcançar, mas longe demais para tocar. E seus olhos, aqueles olhos que uma vez disseram que você me amaria para sempre, agora jorravam lágrimas de que lutar não valia mais a pena.
Quando você se cansou tanto de nós?

Não namore garotas machucadas,
disse minha mãe.
"Mas elas merecem amor também."
E então eu amei uma garota machucada mais do que tudo;
só não me dei conta de que ela me machucaria também.

E eu conto todos os dias
que você diz que me ama
e morro nos dias
que não diz.
Pensando que talvez você vá embora
e rezando para que não.

Nunca soube de verdade o quanto o coração se parte
até estar do seu lado na cama
e você estar pensando em outra pessoa.

Ainda sinto as dores que você deixou ao ir, mesmo depois de tanto tempo. Este meu coração foi partido antes, mas este vazio nunca ardeu tanto.

Você me traiu.
Depois me perguntou:
"Onde você está agora?"
Mas como eu poderia ficar
se você tinha me traído?

Dói um pouco e, às vezes, bastante
quando você se preocupa com alguém
e as duas pessoas são meio bagunçadas,
e o momento está todo errado
e você não tem vontade
de beijar outra pessoa.
Mas você não pode forçar
aquilo que não é para ser
e deixar alguém entrar
já assusta bastante
quando seu coração
não é tão forte.

Peguei todas as suas coisas
e coloquei numa caixa.
Eu ia mandar de volta para você,
tudo o que você me deu
quando prometeu que eu era a única coisa de que precisava.
E então me dei conta
de que não posso colocar cada beijo na caixa
ou devolver cada "eu te amo".
Não posso devolver cada vez que te abracei
ou des-escrever cada carta de amor que escrevi para você.
Não posso desfazer cada vez que toquei você,
ou des-escutar a forma que disse meu nome.
Não posso mandar de volta cada "Você é linda"
porque nunca vai ser a mesma coisa.
O que é que vou fazer com todas essas coisas
se nunca posso empacotá-las?

Também amei o que a gente tinha.
A única diferença era que eu via tudo como um
para sempre
e você via só
como um *por enquanto*.

Falei que você me deixava em ponto de bala.
Nunca disse para apontar uma arma no meu peito
e puxar o gatilho.

Agora já faz um tempo e ainda sinto falta da forma que ela dizia meu nome.
Eu não sabia que meus ossos podiam doer para sempre e por tanto tempo.
Dizem que há beleza na tristeza, mas discordo (ao menos não assim).
Quando são três da manhã e o álcool é a única coisa que me ajuda a dormir.
Não me alertaram que a dor no peito nem sempre tem alguém para culpar. Às vezes não é a culpa de ninguém (provavelmente é toda minha).
Encontrei seu suéter outro dia, e ainda tem o cheiro dela e daquela primavera que passamos falando uma para a outra que seríamos para sempre.
Eu não pensei muito sobre como para sempre poderia acabar.
Ela costumava me chamar de linda e olhar para mim com olhos que confirmavam. Agora eu simplesmente não sei como ouvir essa palavra de qualquer outra pessoa.
Estou presa no meio, entre seguir em frente e me segurar, sem saber com qual posso lidar melhor.
Me sinto bagunçada e incerta e não entendo como uma pessoa com olhos bonitos pode destruir um império dentro de mim só por ir embora.
Seus lábios tinham sabor de ar depois da chuva e esses dias tudo em que penso é na sensação que causavam no meio das minhas coxas.
Meu travesseiro não é ela, e a canção na rádio não é nossa. Sento do lado de uma garota na aula mas não podemos falar por horas.

Aonde vamos quando uma amante e uma amiga se tornam uma memória e um beco sem saída?
Perto das escadas rolantes outro dia, lá ia ela. Lancei um sorriso, e ela virou a cara. Senti o coração estilhaçar todo de novo.
Às vezes escrevo cartas para ela pensando que ela vai escrever de volta. Ela nunca responde.

Todos os seus sentidos ficam acentuados quando seu coração está partido.
Você escuta coisas com mais clareza porque é melhor do que ouvir a batida do coração.
Você sente o sol e o ar na pele porque está tentando sentir coisas em vez de se fechar.
Você sente o perfume dela em todo lugar.
Você ainda sente os dedos dela enlaçados nos seus, e isso dá vontade de chorar.

Fantasma

Acontece. Esquecem o som da sua voz, o formato dos seus olhos, e a curva do seu sorriso. Quando você foi embora, você tentou deixar traços seus para trás. Mas seu cheiro no suéter deles se dissipa mais cedo ou mais tarde, e suas coisas nas gavetas alheias são empurradas para o fundo, e de súbito você não é mais real. Então substituem você por alguém que é. Você é um fantasma, uma sombra, apenas uma memória. Tanto que se pergunta se chegou a sequer existir para eles.

Você passou a vida inteira se convencendo de que é um capítulo que merece ser lido, e então alguém veio e não quis ler o final, e do nada a história inteira colapsou.

É isso que acontece
quando seu coração se parte:
você fala para si que ninguém
vai poder entrar de novo,
mas alguém aparece
com luz nos olhos,
e, do nada, seu coração
entra em guerra com sua cabeça.

Quando as estrelas perguntam o que você quer,
por que você fala de um amor que te estilhaça?
Por que deseja um amor que vai partir o seu coração?
Sua alma sempre tem conserto, siga humilde e seja gentil,
mais cedo ou mais tarde um amor vai chegar
e lembrar você do porquê está viva.

Te perdoei por mim.
Não por você.
Você era egoísta demais.
Então quando você partiu meu coração,
decidi ser egoísta também.
Egoísta na forma em que parei
de achar que tudo tinha a ver com você.

Quando você está ferida, às vezes é melhor se recolher e sarar. Mas não se esconda por tempo demais, porque todas as feridas têm que trocar de ar.

Pare de tentar
se convencer
das coisas
que você já sabe.
Sua cabeça quer
outra guerra
enquanto seu coração
precisa soltar.

Sei qual é a sensação
de quando minha cabeça dói
e minha alma chora.
Sei qual é a sensação
das coisas parecerem tão difíceis
que é preciso toda a força do mundo para seguir.
Sei qual é a sensação
quando nada parece estável
e quando as coisas saem dos trilhos.
Sei qual é a sensação
de ter uma pessoa após a outra
fazendo seu coração parar.
Mas um dia espero que veja que
o amor que dá a si mesmo
cura todas as partes mais cedo ou mais tarde.
Até que, enfim, ela entre
e faça seu coração arder
lembrando você de por que
o resto do mundo
não era para ser.

Inspire, expire devagar e conte até dez. Não tem um livro de regras sobre como lidar com finais. Pode ser que não sinta agora, mas as coisas vão ficar mais fáceis, mesmo que a vida não diga quando.

O que acontece quando seguimos em frente é: você nunca vai encontrar um amor exatamente como o anterior. A chave é parar de querer as mesmas coisas e abraçar o que está por vir.

Você tem que deixar para lá agora. Não faz sentido tentar reacender uma chama que se extinguiu faz muito tempo. Você está no túmulo das labaredas que se apagaram, e, ainda assim, tem uma cidade em chamas queimando ao longe. Não há necessidade de se punir; se continuar com isso vai perder todo o resto.

Se estiver solitária

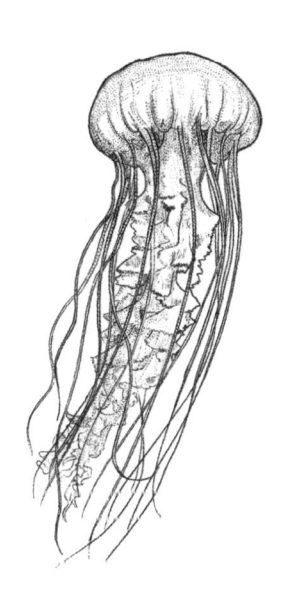

Como que ainda existe a solidão com todas essas almas no mundo?

Eu me apaixono um pouco
Por quem se sente muito sozinha
até a multidão se dissipar.
E ela vê você
parada ali.
Esperando
como prometeu
e logo ela se dá conta
de que não está.

Minha terapeuta perguntou: "Como você se prepara para enfrentar o dia?".
Eu respondi: "Conto minhas mentiras, encontro minha máscara e finjo que não é mais fácil ir embora voando".

Não sou mais a pessoa que você deixou, tanto quanto você não é mais a pessoa de quem sinto falta.

Âncora

Uma âncora me segura. Sou um navio à deriva e este peso não sai de mim. Desejo ser livre, navegar pelo oceano até onde os olhos alcançam. Mas tem uma âncora, uma âncora que me afoga.

ela é o tipo de garota
que tem um lugar no coração
onde todas as pessoas solitárias podem ir
com suas pegadas esquecidas
na neve.

Você é um veleiro solitário, com medo de se afogar onde ninguém vai ver. Ainda assim, você esquece que nunca esteve sozinho, não com todo esse mar à volta.

Ultimamente tenho inventado desculpas demais.
Você foi uma estrela que peguei olhando o céu, mas queimou um buraco na minha mão.
Você me despiu de todas as certezas e me deixou com todas essas feridas
Roubou tanto de mim, muito mais do que eu havia planejado.
Mas é um dia novo, e quero voltar para casa,
De volta para todas as partes de mim que esqueci, a parte em que não me sinto
tão sozinha.

A solidão pode ser algo perigoso. Todo esse conforto encontrado ao se perder nos próprios pensamentos. É fácil ficar e nunca voltar, mas é mais corajoso atravessar o túnel e chegar do outro lado.

Imagine que você é um sistema solar e o sol é o seu núcleo. Você nunca vai perder o sol de verdade. Mas a noite chega. Se recarregue e se apronte para levantar-se de novo pela manhã.

Tenho ciúmes
mesmo quando as pessoas
não são minhas,
porque tem quem
seja irresponsável
com corações
e se esqueça de
ser gentil.

O ponto de ônibus

Tem um ponto de ônibus na esquina e toda manhã um senhor se senta lá. Ele dá migalhas aos pássaros e assobia uma canção que não conheço. E me pergunto se alguém deixa rosas no peitoril da sua janela para lembrá-lo de que não está só.

Sei que não tem nada
que eu possa dizer
para deixar as ideias na sua cabeça
mais fáceis
mas espero que saiba
que acima de todas as coisas
cruzando a sua cabeça,
às vezes, é mais importante
ver o que se passa em seu coração
e se tem uma coisa que eu sei
sobre aquilo tudo de dentro
do seu coração
é que são coisas lindas,
coisas fortes,
e coisas que sempre vão
ficar bem.
E se as coisas na sua cabeça
parecerem meio caóticas
e as coisas no seu coração
pesarem um pouco,
saiba que você vai derrotar
todas elas,
e que eu sempre vou te amar,
mesmo com todas as suas coisas.

Às vezes, uma certa tristeza
pode surgir
e você pode não saber
onde é que tem que estar,
mas seu coração é um lar.
Quero que saiba
que você sempre tem alguém.
Às vezes os outros dizem
coisas nocivas,
que dão a sensação
de que seu rosto está se contorcendo,
e elas sufocam seu coração
e em alguns dias parece
que tudo está lentamente
desmoronando.
Às vezes seu corpo dói
e parece ser de chumbo
e é mais fácil puxar as cobertas
por cima da cabeça
e rezar para nunca
acordar,
mas é muito importante
que acorde.
Então, se não se sentir linda
ao abrir os olhos,
espero que isso a lembre
que vejo você assim.

Só tente lembrar disso também
Nos momentos que sentir solidão
e que toda montanha for grande demais
para todas as respostas que ficaram ocultas
e te convenceram de que sempre é tarde demais.
Tem felicidade nesta vida e
um dia esses problemas vão sumir.
Toda a sua força está na linha do horizonte,
não importa o peso no seu peito.
E em alguns dias parece
que a esperança e o desespero se alternam,
mas apesar de toda nossa tristeza
o sol sempre volta.

Só queria que você soubesse
Que nunca vou me importar
Com o quanto me empurra para longe
Porque quando falei
Que ficaria
Falei sério
Você se perdeu um pouco
E se feriu um pouco
Mas não é um caso sem solução
Sei quem você é
Amo quem você é
E é por isso que vou ficar
Então aprenda a amar
a si mesma também.

Sei que está com medo agora
Talvez sinta falta
De alguém
Talvez seu coração doa um pouco
Ou muito
Ou talvez você não tenha muita certeza
De quem é
Ou do que quer
Mas esse sentimento que
Quer de volta
Este em que não parece
Que o mundo inteiro está contra
Você
Ainda está aqui
Nunca foi embora de verdade
E um dia você vai se dar conta
De que a única pessoa
Que pode encontrar isso de novo
É você.

Tem pedacinhos de felicidade e estão espalhados pelo seu dia. Então, leve uma cesta com você ao sair, encha com todos esses momentos, e traga de volta. Tire um momento, sozinha, tire todos os pedacinhos e coloque na sua estante.

Espero que saiba que é amada. Espero que as coisas fiquem mais simples para você, em paz. Passe seus dias com respirações fáceis e palavras suaves. Você merece luz atravessando a sua janela. Espero que ilumine você logo.

Se estiver triste

Quem deixou você desse jeito?
Com um coração pesado demais
e parecendo que todas as partes suaves
foram embora?
Quem fez você se sentir
a coisa mais tóxica do mundo
O que ninguém quer
E que não merece estar aqui?
Quem fez você sentir
que as suas cicatrizes
não são lindas?
E que não vale a pena
carregar sua história?
Quem fez você sentir
Alguém que não merece
Tudo
E não é
Alguém que vale a pena ter na volta?
Só me conta onde
tudo deu errado
para eu poder fazer você se sentir
que realmente merece.

Você é linda
sem sequer tentar,
mas cada vez
que trago uma flor para você
ela acaba morrendo
e você não vê
como olho para você
e continua chorando,
e a parte mais triste
é que você é tão especial
mas acha que estou mentindo.

As estrelas morreram
e deixaram sua luz para você.
Lembre-se disso quando
se sentir frágil,
sem valor
e triste.

Nunca soube como é essa tristeza,
quando não se consegue sentir o sol ou o ar ao redor
e dizem que o tempo vai curar você.
Mas nem a minha própria mãe sabe o que fazer.
Você disse que não ia me ferir
Prometeu me manter segura
Sabia o que outros tinham feito
e me convenci pela sinceridade no seu rosto.
Talvez eu merecesse isso
por não ouvir quando minha mãe sabe mais que eu.
Mas tudo que eu estava tentando fazer
era mostrar que até um monstro pode ser amado.

É por isso que você toca música tão alto? Uma batida para afogar os pensamentos, som tão alto que você não consegue pensar, letras tão perto da sua história que você nem chega a piscar.

É exaustivo estar trancada na sua cabeça com todos esses pensamentos que amarram você. Só por um momento, tente com toda a vontade soltar todas as coisas que te impedem de ser você.

Entendo por que as pessoas tentam sair voando de pontes,
entendo por que uma menina aproxima uma lâmina do pulso,
entendo por que um homem adulto chora contando suas listas.
O que gostaria que o mundo entendesse
é que nestes momentos frágeis
são quando mais se precisa de paciência e amor.

Minha alma está dormente, e me desespero para sentir. Em momentos de aflição e tristeza, as manhãs não são mais perdoáveis, e acordar não é ideal.

Eu sabia o que ia dizer; tinha ensaiado meu adeus de novo e de novo, mas você foi embora sem uma palavra.

Fico me perguntando
quão triste você tem que estar
para alguém parar de insistir
que tudo vai ficar bem?

Você prometeu que nunca pegaria a estrada que eu não pudesse acompanhar, mas agora estamos aqui; eu chorando no chão do banheiro e você seguindo uma estrada que eu não posso seguir.

Se eu tivesse uma lista de todas as coisas que ainda me fazem chorar, tem dias que você estaria no final e em outros seria o primeiro item.

Esta tristeza que dizem que pode ser linda, que tristeza é esta? Porque minha tristeza me rasga no meio por dentro e não tem nada de lindo nela.

De todas as tragédias nesta terra, nenhuma é mais trágica que uma pessoa que não consegue enxergar seu valor.

Às vezes a tristeza não tem origem. Não tem solução imediata para nenhum plano de escapar de suas garras. Em vez disso, você aprende a combinar, como se a tristeza fosse uma velha amiga que precisa de um empurrãozinho na direção certa.

A tragédia do que poderia ter sido
é quase tão paralisante como o que um dia foi
mas nunca mais pode ser de novo.

Até mesmo a tristeza precisa de alguém que a apoie.

Você não vai lembrar, eles dizem, quando alguém se afasta. Num minuto, estão falando sobre as maiores aventuras da vida e ouvindo fitas numa segunda-feira de tarde, e no outro, a presença dela é trocada por silêncio: uma não existência frágil com nada mais a perder. Mas vou sempre me lembrar do nosso afastamento. Consumiu todo esse espaço, como um planeta de muitas luas. Foi o ano em que você esqueceu o meu aniversário.

Todo mundo tem uma parte dentro
que dói com uma tristeza
que às vezes você não pode esconder.

Vai começar com as coisas grandes, como o assento dela ao seu lado na mesa de jantar da família nas noites de domingo, ou o nome dela ao lado do seu em convites. E então do nada todas as pequenas coisas vão desaparecer também. Você não vai lembrar do som da sua voz de manhã ou como era a textura da mão dela na sua. Não vai lembrar de todos os mínimos detalhes de todos os encontros ou de todas as conversas que compartilharam tarde da noite. E um dia alguém vai perguntar a cor favorita dela, e você vai demorar para responder.

Tem dias em que gatilhos aparecem a cada esquina, esquivando-se pelas sombras onde a escuridão causa respirações pesadas e peitos apertados. A ansiedade é algo devastador. Não importa quantas vezes mandam você "respirar", parece que o ar afinou, e apesar de todos os motivos lógicos para manter a calma, você se sente como um navio sem velas numa tempestade violenta.

Mesmo se sua tristeza
for muito pesada
a verdade
é só um peso de papel.
Aprenda a virar a página.

Vi um anjo uma vez,
mas ela tinha perdido uma das asas.
Vi um anjo uma vez,
ela parecia uma criatura partida em brasa.
Vi um anjo uma vez
e perguntei por que entristeceu.
O anjo me olhou e disse:
"Porque o mundo enlouqueceu".

Que sua arma seja a gentileza
Sua armadura a compaixão
Que as flores cresçam de novo
para desabrochar amor de toda tristeza.

Um dia você vai olhar para alguém e dizer:
"Sobrevivi"
Tem muita satisfação nisso.
Mais ainda se a pessoa estiver olhando você diretamente do seu espelho.

Se estiver com saudades

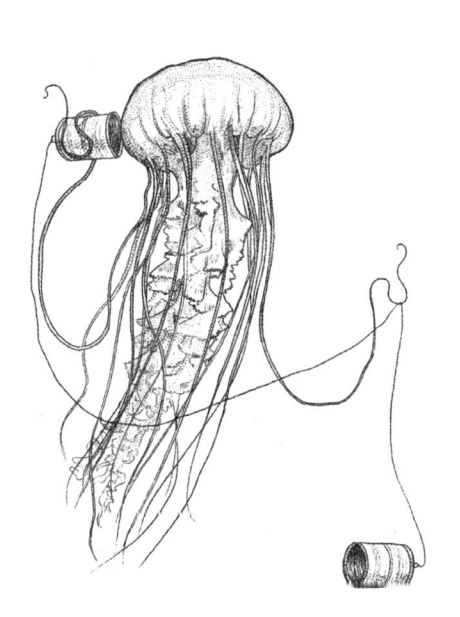

Se eu tivesse qualquer poder e uma vida para reconstruir, eu teria nos aproximado.

Aí vai o amor da minha vida
passando nos meus sonhos,
faz tanto tempo que bati à sua porta.
Às vezes me pergunto como seguirei forte
e não consigo dormir,
e não consigo pensar,
e vou continuar por esta estrada longa.
Até a escuridão se dissipar e a manhã despertar
só trinta dias e noites solitárias mais no caminho
para eu vê-la de novo.
Tem sido tão difícil
tem dias que não consigo acordar
alguns dias eu colapso.
Mas ela nunca deixou meus sonhos
Aí vai o amor da minha vida.

Estamos parados à beira do mundo e ainda assim não nos encontramos. Você está encharcada pela luz do dia e eu estou coberta de noite. Meu coração anseia por nosso eclipse.

Sinto muito que estamos em cidades e estados diferentes
Sinto muito por aquele dia que não respondi e você dirigiu por dezesseis horas numa autoestrada escura.
Estamos partindo o coração do mundo todo, todas essas noites solitárias, uma sem a outra.
Ou, talvez, o mundo esteja nos partindo devagar.
Sinto muito por todos os dias que passamos separadas
Sinto muito por todo o tempo que não podemos compensar
Sinto muito por me enroscar em toda a sua solidão
eu só queria um lugar para ficar.

Você sempre esteve a quilômetros de distância. Talvez simplesmente você sempre esteve destinada a estar a quilômetros de distância. A distância nos viu juntas num sonho e pensou que nossas vidas seriam melhores sem toda essa bagunça.

São três da manhã e estou na cama sozinha
porque você acabou de desligar.
Passamos metade da noite discutindo
porque você está aí e eu aqui.
Mas o que mais podemos fazer,
acho que isso é crescer,
quando as coisas não dão certo
e você luta para segurar tudo.
Até se dar conta de que, às vezes,
a única coisa que você tem
é seguir em frente.

Parece que o universo se fecha ao redor de nós quando você me toca. Mas o momento é tão rápido e você vai embora de novo. Então, fico sozinha, com espaço demais. O universo é terrivelmente grande, e eu sou terrivelmente pequena, queria que você estivesse aqui para preencher esse espaço.

Tem tanto barulho
A cidade nunca dorme
E eu anseio por um dia só em que tudo fique tão quieto
que eu e você possamos ouvir as nuvens se mover.

É meia-noite e pensei em
Entrar num avião e encontrar você na cidade
Pensei em costurar você na minha pele
Para que você estivesse comigo enquanto eu dormia
Eu queria que você estivesse aqui
Ou que eu estivesse aí
Porque meu coração cede quando olho para você
E parece que suas mãos se reviram por dentro
Das minhas costelas
E arrancam o ar dos meus pulmões
Minha cabeça começa a pulsar pesado
E só quero beijar você
É meia-noite
E só quero você.

Vou amar você por todos os quilômetros e os pensamentos que a noite agitar.
Vou amar você por todos os dias e conforme a escuridão se iluminar.
São quatro da tarde, é mais difícil neste momento.
Mesmo que estejamos longe na maior parte dos dias, minha forma de amar você é meu alento.

Você ocupa todo o espaço no meu coração
e quando você não está aqui,
tenho ciúmes dos lençóis que abraçam você,
porque a distância que nos separa me mantém acordada.
Mas quando estou com você,
mal sei expressar o quanto me é importante.
Então, vamos ficar na cama o dia todo,
vou brincar com seu cabelo.
Podemos compartilhar todos os nossos sonhos inocentes, falar
de todos os nossos medos
e vou correr as mãos pelas suas coxas e quadris.
Vou beijar sua testa, juntas dos dedos, os lábios febris.
Só me diz que me ama suavemente,
porque você pensa que falou meu nome a esmo,
mas juro que meu coração nunca foi o mesmo.

Espera por mim;
estou indo para casa.
Espera por mim;
você é a alma
que sempre conheci.

Chicago

Estou em Chicago e você está em casa;
como podemos estar tão apaixonadas, mas tão sozinhas?
Tem sido tão difícil; quantos dias mais devemos ficar separadas?
Todas as fibras do meu coração se perguntam se as coisas mudaram;
Todo esse tempo distante, me perguntando se ainda vamos ser as mesmas.
Estou em Chicago e você está em casa, e estou vendo a vida passar.
Mas sinto saudade sua quando estou sozinha.

Antes de o rio levar nosso amor até o oceano em breu,
queria agradecer você por amar alguém em pedaços como eu.
Sei que não foi fácil.
Sei que cansei você.
Antes de cidades queimarem até as cinzas e o céu chover lágrimas,
queria dizer que sinto muito pelos anos desperdiçando lástimas.
Antes de nossos ossos deixarem de ser nossos ossos
e nossos lábios deixarem de ser nossos lábios,
espero que tenha um amor que navegue por navios mais sábios.
Que suas noites sejam menos brutais
e suas manhãs mais gentis;
Que seu coração encontre calor com alguém maior
e um pouco mais ajuizado.

Tenho esse hábito engraçado de estacionar perto da baía. Gosto de observar os aviões decolarem, voarem por cima de mim, desaparecendo nas nuvens. Finjo que estou lá em cima também, a caminho de ver você.

Um brinde ao amanhã, que nos aproxima cada vez mais uma da outra, até que chegue o dia em que nos encontraremos de novo. A meia-noite pesa na minha alma enquanto a terra se dobra em si mesma, cada vinco nos aproximando mais.

E, no fim, tudo importa. O quão distantes estamos é o que cria todo esse desejo.

As borboletas que sinto por você, ao ouvir nossa música no rádio, a forma como sinto sua falta mesmo bem cedo pela manhã. Pensando em quando vou acordar depois de uma noite inteira com você.

As palavras derretem na minha boca como a neve, parece que estou de tanque vazio, mas faltam só dezessete dias até que você esteja em casa. Todas as noites sonhei com a manhã que estaremos juntas de novo. Você vai beber café e eu vou falar sobre como as folhas estão mudando. Na sua ausência, mal posso falar uma palavra, mas logo você vai estar em casa, e vou olhar as folhas até estarmos juntas de novo.

Mas seu amor não está com você, não amanhã, nem no dia depois, nem no próximo. Então você encontra seu amante nos sonhos, e é por isso que você está sempre sorrindo no escuro, logo antes de pegar no sono.

O tempo é valioso. E o tempo todo que desperdiçamos longe uma da outra fez de você a coisa mais valiosa para mim.

Mas a vida tem planos para todas as pessoas, mesmo se esses planos nos separem daqueles que amamos. Não importa aonde minha vida me leve ou a sua leve você, vou amar você se tiver mil quilômetros entre nós ou nenhum.

A distância não vai ser fácil. Ninguém quer dormir numa cama vazia enquanto pensa na pessoa que ama dormindo na dela. Relacionamentos à distância são difíceis, mas também são lindos. Imagina construir uma base de amor, confiança e honestidade sem sequer um único toque. Então imagine a base quando a neve enfim voltar à montanha.

Se precisar de encorajamento

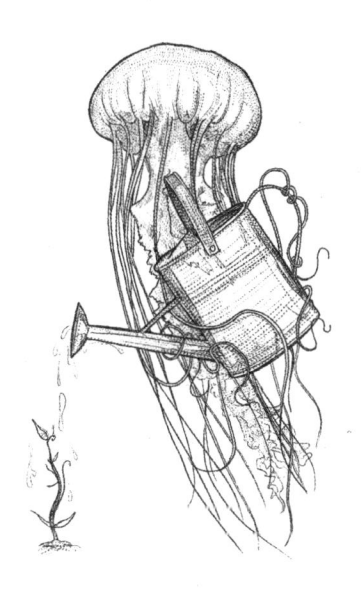

Não vou botar curativo em todos os seus
ferimentos
Não vou beijar todos os seus
machucados
Não vou admirar todas as suas
cicatrizes
Em vez disso, vou observar você
aplicar seus próprios curativos,
recuperar todos os seus machucados
e mostrar todas as suas cicatrizes
Porque você é seu próprio
herói
E toda a sua tristeza é
sua
E vou amar você
por causa dela
toda.

Ela é aquela garota
que não acredita
em si mesma
– não muito,
juro por tudo que é sagrado
que não consigo entender
como não,
porque a minha fé
nela
é maior que todo o céu.

Penso em pessoas às vezes
Em como elas tomam café
E gostam de manteiga na torrada
E penso se elas têm
Os mesmos medos que eu
E se elas estão indo atrás
De sonhos todos os dias
Penso nas cicatrizes
Que têm no corpo
E a luz que brilha em seus olhos
Penso se elas usam
Meias na cama
Ou se elas têm
Roupas para ocasiões especiais
Guardadas no armário
Então se você estiver se perguntando
Se alguém pensa em você
De vez em quando
Talvez esta seja sua resposta
Penso muito em você
Eu me pergunto se alguém pensa em mim também.

Mas o que está envolvido num felizes para sempre? Há muitas versões, não para você escolher, mas para inventar.

Sei que você acha que o seu melhor
Não foi suficiente
Sei que acha que todas as horas
foram desperdiçadas
Sei que se sente desapontada
consigo mesma
Mas mesmo que sinta
essas coisas
Provavelmente todas ao mesmo tempo, agora
só quero que saiba
que você é mais do que
você acredita.
Olho para você
e sei que você é
inteligente
linda
e capaz.
Acredito em você
e vou lhe dizer todos os dias
até você acreditar também.

emotiva e bagunçada
às vezes perdida e confusa
mas se você simplesmente se desse conta
da sabedoria por trás desses olhos
com um coração que nunca mente
você tomaria o mundo como uma tempestade
que não tem nada a perder?

e sei que você é
um pouco insegura
e pensa
só um pouquinho demais
e todas as vezes
que você achou que não era o que alguém
precisaria
eu estava pensando que
você é.

Você é uma coleção de milagres amarrados pela luz do sol. Mas você também é muito mais do que isso; você é uma história, um lar, um lobo que uiva à noite.

Seus sentimentos são válidos e reais. Não deixe ninguém negar isso só porque não sente o mesmo. Esses sentimentos não definem você como fraca, grudenta, ou emocional demais. Eles te tornam forte, corajosa e linda. Você não é apenas feita de poeira de estrelas; você é o cometa cruzando pelo céu no caminho de fazer coisas boas e brilhantes.

Houve muitos momentos em que colocar uma placa de "fora de serviço" na frente do seu coração parecia ser a decisão mais sábia. Só que você não colocou. Em vez disso, manteve o coração aberto, convidou pessoas para entrar. E quando foram irresponsáveis, bagunceiras e egoístas, você escolheu permanecer aberta. Um turno que nunca acaba, uma luz que sempre fica acesa, um farol na noite mais escura, uma melodia que segue em frente. Eu me maravilho com você: uma campo aberto no meio de um ciclo de vento em constante mudança.

Os dias não vão parar; eles vão vir atrás de você. Com a facilidade que a lua acende o céu noturno e o sol se ergue, os dias virão. Então você tem que ter coragem, querido amigo, coragem no coração para fazer tudo que precisa ser feito.

Talvez você esteja correndo com medo porque correr é melhor do que deixar outra pessoa entrar. Mas a verdade é que você não pode passar a vida correndo. Viver com medo é exaustivo. Vá com calma. Oportunidades e riscos deixam a vida interessante.

Você ainda está aqui, você sabe;
Debaixo de todas as coisas bagunçadas,
debaixo do estresse, da ansiedade, da tristeza,
você ainda é você.
Suba para respirar ar fresco;
tem céus brilhantes aqui em cima.
Você tem que se erguer;
sei que você sente que não consegue,
mas consegue.
Acredito em você,
mais do que você sequer imagina.

Não vejo fraqueza em mostrar sentimentos com facilidade; vejo coragem num mundo que pode ser cruel. Vejo algo cru e lindo em ser tão honesto quanto se pode.

Você tem que se cercar de pessoas que têm o mesmo coração que você.

Mas a vida não se trata de fazer pela metade. Você não pode amar pela metade, aceitar as coisas pela metade, viver pela metade. A vida se trata de dar tudo o que você tem. Quando estiver velho e cansado, você quer mesmo olhar para trás e dizer que fez o seu mínimo? Você deve mais do que isso a si mesmo.

.

Você pode fazer todo o esforço do mundo e alguém ainda vai dizer que não basta, que não é bom o suficiente.
Mas isso não diz algo sobre essa pessoa; diz sobre você.
Você só precisa se bastar.

Tudo bem fechar portas; ora, tudo bem até trancar algumas.

Sejamos honestos – tem vezes que parece que o mundo inteiro está caindo aos pedaços. Você não pode comparar sua dor com a dos outros, então por que responder com "Tem quem sofra mais"?
A dor é imensurável quando é sentida, porque naquele momento parece a pior dor na face da terra.

Às vezes nem se trata de fazer cálculos ou pensar com cuidado. Às vezes se trata de ter um pouco de fé que ainda tem gente no mundo que só quer o melhor para você.

Você não pode crescer se ficar na amargura.

O tempo não tem uma ordem do dia. Você pode conhecer alguém e se apaixonar na hora ou desenvolver o amor ao longo de anos. Pode ter conhecido alguém por uma eternidade e essa pessoa talvez ainda não consiga entender o núcleo de sua existência, enquanto o estranho no ponto de ônibus sabe exatamente quem você é. O tempo não significa nada.

De todas as coisas importantes que você tem que fazer hoje, nenhuma é tão importante do que mostrar bondade ao seu coração. Porque até os mais brilhantes cometem erros, e os mais sábios não têm nada para dizer. Seja gentil consigo mesmo, se perdoe, mesmo no dia mais escuro.

A mudança não vai sentar, esperar e perguntar se você está pronto. A mudança não vai bater na sua porta ou enviar um aviso. A mudança não vai abraçar você no meio da noite e dizer que pode esperar. A mudança não espera. A mudança não liga se você não está pronto. Ela vai acontecer de qualquer forma. A mudança não é sempre a amiga que quer, mas ela sempre vai saber quando precisa.

      É como o Batman, basicamente.

Se estiver olhando para si

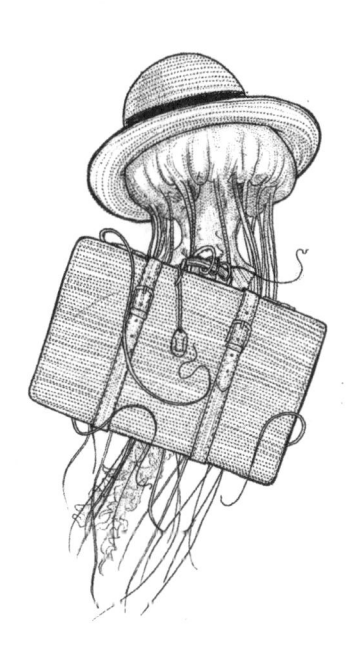

Você é um campo de batalha. Nunca haverá um conflito bélico maior que a guerra que você tem contra você mesmo.

acalme-se agora
tire um tempo
para a poeira baixar
na sua cabeça
e ensinar o coração
que algumas coisas
não precisam ser ditas
não se preocupe
se às vezes as coisas quebrarem
e mudarem e queimarem
porque é isso que
ajuda você a crescer
e sei que ainda é
uma parte de você
grudada na sua pele
como uma tatuagem danificada
só não se esqueça
de se amar também

Este céu que olho com pássaros voando em sentidos opostos, com uma vista da montanha abaixo, de terra fatiada em partes pequenas. Tem jeitos demais para se sentir sozinho e lugares de menos para se apaixonar. Você não entende? Sonhei com amor e fiquei noites sem dormir. E agora às vezes alcanço no alto do céu, acordo e nem estou na minha cama.

Vinte e três

Um dia você acorda e tem vinte e três anos e não consegue se lembrar de como era ter dezessete, mas você ainda chora para a sua mãe depois de um dia difícil e você parece um pouco mais velha, não chega a sentir. Um dia, você tem vinte e três anos e sua tia-avó está falando como sua aparência está adulta, e você está um pouco mais alta, mas por dentro você ainda se lembra de sentar sob o carvalho lendo, sem reuniões no dia seguinte e sem aluguel para pagar, a única coisa em que consegue pensar é como aos dezessete você achava que saberia tudo aos vinte e três, e agora você não se lembra de como saiu de lá e chegou aqui. Mas sua versão de dezessete anos estava errada, porque você só sabe algumas coisas e não tudo.
Você sabe que café tem um sabor melhor de manhã, e a sua casa não é mais sua casa; é "da minha mãe e do meu pai". Você sabe que seu carro precisa de revisão a cada seis meses e é mais difícil ir ao supermercado depois de um término. Ela gostava de massa de cookie, nozes e leite com sabor de morango, agora todas as vezes que você sai às compras, não consegue comprar espaguete sem lembrar que era sexta-feira à noite e ela beijou você pela primeira vez e o calor da sua pele poderia atear fogo em tudo. Um dia, você tem vinte e três anos e está tentando explicar para alguém de dezessete todos os erros que cometeu, para que não os repitam, quando tudo o que você quer realmente é que alguém note que você não faz a menor ideia.

Sinto como se estivesse sempre escrevendo meu primeiro rascunho. Como se minha vida fosse uma série de edições que nunca tenho tempo de corrigir.

Mas me perdi tão profundamente na minha própria alma, como posso esperar que qualquer um me entenda?

Por que todas as flores sumiram?
Procurei por tudo que é lado
No jardim e pela rua
No meu quarto e atrás da cadeira da Vovó
Mas as flores não estão em lugar nenhum
Por que todas as flores sumiram?
Será que fizemos algo de errado?
Será que deixamos de falar o que queremos dizer?
Não nos importamos mais
Com colocar flores em nossas músicas?
Por que todas as flores sumiram?

Arte faz sentido para você? Você é tão corajosa e quieta; acho que entenderia.

Pare de agir como se não fosse o suficiente. Você é forte e bonita e a forma como se veste ou de quem você gosta não muda a imensidão que é o seu coração.

Você é importante, seu cabelo está bonito, seus olhos também e a forma como você come meio pote de sorvete é sensual pra caramba.

Você é alguma coisa, e você pode conquistar tudo, e a gente acredita em você.

Você é alguém que vale a pena ter por perto, e a pessoa que está com você agora ou que vai estar com você, também é uma sortuda.

Por que as pessoas dizem para as outras o que elas merecem, mas nunca para si mesmas?

Pare de agir como se não fosse o suficiente, porque você é.

Suéter favorito

Às vezes você é o suéter favorito de alguém. Vão usar você o tempo todo. Usam pela casa, para jantar, no cinema, até na hora de dormir. Usam você na frente dos amigos, da família, e na frente de estranhos, porque você é o suéter favorito, e a pessoa quer que todo mundo saiba. Mas um dia, seja de propósito ou por acidente, vão pendurar você no fundo do armário. Em pouco tempo, outros suéteres serão colocados na sua frente, e você os observa indo e vindo, se perguntando se vão usar você de novo. Logo você fica menos acessível. Os outros suéteres são vistos e tocados e usados com facilidade. Subitamente, você fica distante. Distante significa que se esquecem da cor nos seus olhos, do seu cheiro, da sua voz pela manhã. Então, você fica ali, juntando poeira e olhando outros suéteres aquecerem o corpo que você ama. Talvez um dia tirem você do armário, e se lembrem de como nunca sentiram tanto calor daqueles outros suéteres como sentiram por você. Vão se lembrar de como você prometeu não arranhar a pele ou se manchar com mentiras, e você manteve essas promessas. Mas acontece que talvez você fosse apenas um suéter, e seu destino era ser usado até não precisarem mais de você.

Você foi tão ferido
Que quando alguém
Quer dar para você
O que você merece
Você não faz ideia
De como reagir.

Sempre tem palavras demais para descrever a forma como você se sente. Então, por que quando chega a hora de dizer essas palavras, nós as perdemos?

Se você está apaixonado e definhando, então não é amor, porque o amor é como uma rosa que desabrocha.

Algumas coisas nunca vão ser justas para todo mundo. Este é o entendimento mais triste que o universo pode ensinar. Então, se são justos com você, lembre-se de agradecer.

Quando você foi um tipo de pessoa a sua vida inteira e de súbito percebe que existe uma parte sua que você nunca viu antes, a coisa mais difícil de fazer talvez seja se afastar da versão que você sempre conheceu. Caminhar de braços abertos para você, uma nova e redefinida você, é como dizer não nos conhecemos muito bem, mas quero conhecer.

Que eu sou lembrada de que a vida vai continuar, independentemente de eu escolher embarcar no trem ou ficar na plataforma.

Dizem sempre que mudanças acontecem com grandes acontecimentos. Como um casamento, aniversário, ou formatura. Talvez aconteça realmente nos momentos pequenos, como quando você vai se olhar no espelho e se dá conta de quanto avançou ou quanto ainda tem à sua frente.

Uma cama é muito mais do que um lugar para dormir.
Um festival de sonhos
Um parquinho de crescimento
Um refúgio no escuro
Calor no inverno
Noites inquietas no verão.
Então, quando você convida uma pessoa para se deitar ao seu lado,
você a convida para o seu lugar seguro.
Escolha bem.

Querida Vida, você é exaustiva às vezes. Você tem mais acessos de birra do que eu um dia achei possível. Você diminui a velocidade, acelera, toma o tempo que precisa e dá tempo. Tem vezes que tem um sol brilhante, e em outras tem tempestades. Então, tento variar um pouco, me arriscar, amar muito, e encontrar conforto em tentar coisas novas. Mas você nunca é a mesma, Vida, sempre mudando, sempre me deixando adivinhar. Eu vou viver você, Vida, com o meu potencial absoluto.

Não ensinam que tem gente que vai se voltar contra você mesmo depois de você as amar com todos os átomos do seu corpo.
Não ensinam que tem dias que você pode não acreditar que o sol vai nascer, mas vai.
Tem gente tão machucada quanto você.
Se seu coração está partido, a moça no caixa ou o garoto no trem talvez estejam também.
Você não está a sós.
Só tenha gentileza.
Ensine para si.

Todos nós nascemos com doçura, é importante mantê-la ao crescer. Não deixe o mundo congelar seu coração.

É tão difícil saber o que dizer
Para alguém que se sente tão perdido,
Então vou ficar aqui para você
No vento e na chuva.
E vou ser o farol que você precisa.
Pegue minha mão e respire de novo
E vou guiar você para casa.

Esse é o detalhe com pessoas queridas. O resto do mundo acha que pode caminhar por cima delas como se não fossem notar. Mas notamos; nós notamos tudo.

Somos construídos a partir de uma base
Do que o amor deveria ser
Mas hoje preciso contar algo
Sobre quem sou e quem devo ser
E sei que você pode sentir raiva
Ou talvez até tristeza
Mas só se lembre de que no dia em que nasci
Você prometeu que sempre me amaria
Essa não é mais uma guerra que quero batalhar
Entre minha cabeça e meu coração
Preciso sair
E irromper da jaula atrás de ar
Às vezes sou uma tempestade
Às vezes uma seca a implodir
Não tem meio-termo
E imploro que você note
E imploro que tenha cuidado
Porque se eu tiver que continuar me escondendo
O injusto da vida é fundado.

Envelhecemos e de súbito o que não podemos ter se torna exatamente o que é. O que falta fica abundante, e o tempo vira um fragmento de nossa curta aventura na terra.

Você sempre vai ser muitas coisas.
Nem todo mundo vai gostar ou entender você.
E nos momentos em que parecer que está num julgamento,
Tente tratar os outros com boas intenções,
Até quem não merece.
Seja você, mesmo quando for difícil.

Se precisar de um motivo
para ficar

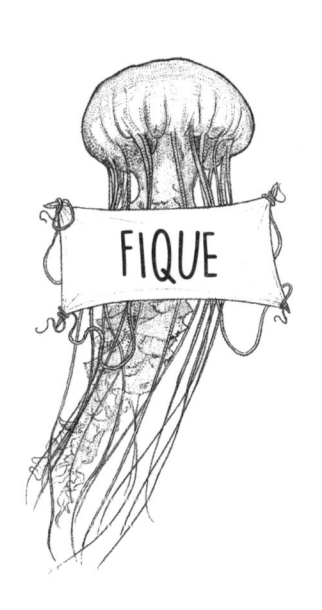

FIQUE

Essas palavras não vão mudar o mundo, mas talvez façam você pensar duas vezes sobre mudar o seu mundo.

Eis aqui algumas coisas boas: noites quentes depois da chuva, livros velhos, livros novos, chá de tarde, fazer anjinhos na neve, palmeiras, sorrir, gargalhar, abraços que fazem você se sentir em combustão, beijos de nariz molhado do cachorro, cachoeiras, pores-do-sol, um céu limpo de noite, as esperanças e sonhos para mim e você. Um gatinho aninhado no colo, roupa recém--lavada, músicas favoritas, os pássaros da manhã em harmonia perfeita. Coisas boas e simples para lembrar você de ficar.

E prometo que seu coração vai continuar, por mais ferido que você ache que possa parecer. Posso garantir que tudo vai se ajeitar, o mais ajeitado que qualquer pessoa no universo viu.

.

Aí está você
com todas as suas pequenas
inconsistências
e todos os seus pequenos
defeitos.
Você empurra as pessoas para
longe
porque é mais fácil
mais simples
segredos nas suas veias
anos escondidos em seus
olhos
por favor não tenha
medo
sei o que você é
está escrito sob a sua pele
três palavrinhas
você é tudo.

Ao existir, você planta bondade no solo que endureceu. Não precisa render sua existência. Você está se saindo muito bem simplesmente existindo.

Alguns dias são crus
e as coisas estão desmoronando,
quando você olha no espelho,
enxerga um inimigo,
alguém que odeia com todo o coração,
mas o reflexo não vê você assim.
Quando olha para você,
o reflexo vê um universo inteiro;
você é uma obra de arte,
você é um mapa de galáxias,
você é todas as flores,
adoráveis desde o começo.
Então, quando a recuperação parecer distante
e ninguém entender,
quando a vida não puder piorar mais
e você preferir chorar o dia inteiro,
saiba que você é uma pessoa querida e amada.
Não consigo sobreviver.
Consegue, consegue sim.
Você é necessária,
Então, por favor,
escolha seguir viva.

Lembretes gentis

Aprendi com o tempo que é melhor sentir demais
do que não sentir nada.
Conversas devem ser honestas,
mesmo quando sua barriga está cheia de nós
e você não consegue falar.
Você pode se apaixonar às três da manhã ou cinco da tarde,
e, às vezes, com outra pessoa
e outras com o azul do céu
num sábado à tarde.
Você vai tomar decisões difíceis e fáceis,
mas todas são importantes.
Aprecie esses momentinhos na praia
com uma cerveja e um bom pôr-do-sol.
Sinto muito por qualquer pessoa que machucou você um dia,
mas por favor não feche o coração para o amor.
Você precisa de amor, e o amor precisa de você.
Você é o sol, a lua e todas as estrelas
e você merece alguém que atravesse o universo por você.
Perdoe, mesmo que esteja brava.
Perdoe, mesmo que tenham quebrado todas as promessas.
Diga em voz alta: eu perdoo você.
Você nem se dá conta de toda a beleza que tem, não é mesmo?
Se eu pudesse dizer isso para você todos os dias, pelo resto da sua vida,
eu diria.
Mesmo que eu não saiba o seu nome e nunca tenhamos nos conhecido,
você é linda.

Vocês podem estar a quilômetros de distância,
mas isso nunca vai medir a forma como você se sente
quando seu melhor amigo diz exatamente o que você precisa ouvir.
Não guarde rancor por tempo demais. Aprenda, siga em frente
e cresça.
Lembre-se de tentar e tentar de novo.
Se alguém deixa você nervoso, provavelmente você os deixa
nervoso também.
Por que você sempre acha que está incomodando alguém?
Pare com isso!
Não mude seus valores internos e seu eu verdadeiro por
ninguém.
Validação na internet pode ser algo perigoso;
tente seguir humilde.
Se alguém não aprecia sua história ou você,
isso não quer dizer que outra pessoa não vá.
Você vai encontrar essa pessoa um dia.
Ela provavelmente está se perguntando quando vai encontrar
você também.
A vida pode ser caótica e, às vezes, as pessoas vão machucar você,
mas no meio de todos os seus pensamentos barulhentos e noites
sem dormir,
só se lembre de que a mágica cresce nas flores,
o sol pode fazer seu coração disparar depois da chuva
e sempre que puder fazer alguém sorrir,
você se esquecerá do porquê um dia ficou triste.

Faça uma lista.
Escreva as coisas mais importantes.
Vou começar com o primeiro item:
Você.

Alguns dias sempre vão ser mais duros do que os outros. Tenha paciência consigo mesmo; você ganhou muitas batalhas, mas a guerra vai demorar. Você pode ter dezessete ou setenta e oito anos e ainda cometer erros. Tente não se punir demais por eles. Você vai se comparar com outros, todo mundo faz isso, mas tente se lembrar de que alguém se compara com você também. Seja mais gentil com os pensamentos na sua cabeça; você pensa tudo isso por um motivo. Sempre vai ter aquela pessoa para quem você deu todo o seu coração e não foi o suficiente. Mas você sempre vai ser o suficiente para si mesmo. E, no final das contas, esta é a pessoa que vive sua vida.

Esta é a pessoa que você tem que impressionar.

Seja amigo de si, não inimigo.

A terra tem um coração e você existe em algum lugar dentro, então se precisar de um motivo para ficar, pare por um momento, respire fundo; não saia partindo o coração da terra agora.

Confie, seu corpo é um templo, e não importa quantas batalhas aconteçam na frente das muralhas, pois seu castelo sempre permanecerá em pé.

Me entristece de verdade que fizeram você acreditar que era irritante, estúpida, que convenceram você de que não é linda quando fala de todas as coisas que ama, ou que não é interessante às sete da noite ou cinco da manhã. Sua existência é importante. Você é importante.

O pedreiro

Uma vez conheci um pedreiro numa tarde de sol
Eu tinha recém-voltado à superfície de meu sono profundo sob a lua
Perguntei a ele por que queria construir um muro daqueles
Mas ele não respondeu, me perguntei se tinha chegado a me ouvir
Ele trabalhou até o sol baixar e tocar o horizonte
Construindo o muro cada vez mais, um desenho que nunca vi igual
"Senhor", chamei, mas ele estava atrás do muro a construir
"Senhor", chamei de novo, mas a altura do muro a expandir
e então veio um som fraco que quase não consegui ouvir
"Era isso que você queria, o que você preferiu!"
Um muro deixando tudo do lado de fora
até mesmo o amor.

Seja gentil consigo mesmo do mesmo jeito que seria com alguém que ama.

Você nem sempre foi assim, foi? Uma vez, vibrante e cheio de vida, e tudo que custou foram as mentiras demais, um punhado de traições, e um balde cheio de mágoa, e agora de súbito você se pergunta como alguém poderia ter sido tão cruel de estragar seu jardim. Então, hoje, cubra todas as mentiras com terra, plante margaridas, e as observe brotar e respirar vida. Pegue pitadas de perdão e espalhe por tudo também, e então vire um balde de felicidade à vontade. Agora pare um pouco, permita que seu jardim novo cresça, se cure, e se volte à vida que sempre conheceu.

Mesmo em dias ruins e noites frias que parece que tudo está prestes a sumir, você ainda tem propósito. Esteve dentro de você desde o dia que nasceu. Um vaga-lume pequenininho nascido da luz do universo. Tem um mundo de motivos dentro de você, uma biblioteca inteira de pensamentos e emoções. Por todos os momentos que roubam sua esperança, só se lembre que o universo quis que você acontecesse. Você tem propósito.

As coisas podem não melhorar amanhã. Você pode ter muitos amanhãs e nada mudar. Mas a questão não é essa. A questão de se mover por entre todos esses amanhãs é chegar àquele dia em que tudo enfim melhora.

Largue as tesouras

Largue as tesouras; sua pele é forte demais
Largue as tesouras; mesmo quando as lágrimas corram de noite sem paz
Largue as tesouras; tem outros jeitos de deixar a luz entrar
Largue as tesouras; deixe sua fé penetrar nas profundezas da sua pele
Largue as tesouras; você é amado com todas as formas de magia
Largue as tesouras; fique aqui conosco
e lute mais um dia

Tenho certeza de que vão fazer a estrada rumo à recuperação parecer limpa. Vão usar palavras para fazer a cura parecer bonita e fingir que os curativos não são pesados e que ainda causam dor. Sua tristeza nunca vai ser pura e ordenada, e você pode chegar a se perguntar como vai fazer para juntar todos os cacos quebrados pelo chão em dias quando enterrar a alma parece muito mais fácil. Haverá momentos em que você tem que se convencer de que sentir é melhor do que estar entorpecido, e que seus ossos doloridos são fortes o suficiente para seguir em frente. Haverá momentos em que as coisas parecem de ponta-cabeça e você está girando num eixo que nunca se equilibra. Haverá dias em que você dá passos para trás e esses novos passos para frente parecem muito distantes. Mas mesmo na dificuldade, você ainda está dando passos; você ainda está em progresso. E para cada buraco na estrada, lembre-se de que você veio até aqui; então por que não só seguir em frente?

Você sempre vai ser alguém para outra pessoa. Você sempre vai precisar de outras pessoas e de café, você sempre vai precisar de café bom também.

É claro que haverá momentos que você vai se sentir como se estivesse totalmente sem opções. Mas vai ter uma opção que é sempre boa para começar: se perdoe.

Sempre haverá caos. Humanos foram feitos para a bagunça. Ainda assim, mesmo no furacão, tem uma calma que vai radiar. Ela se espalha depois de cada desastre, e os cacos são recolhidos de novo.

Tem uma boa dose de dificuldade
em sobreviver
E tudo começa com escolher sentir
o bom
e especialmente o ruim.

Você vai terminar se surpreendendo, sabe. Tipo, com a força que tem e com o quanto seu coração pode crescer. Num momento você está em caquinhos e espalhada pelo chão, e no seguinte está calçando os sapatos e saindo pela porta. Lembre-se de todos que sorrirem para você e que desejarem um bom-dia. São os pequenos presentes mandados para você lembrando você de ficar.

Estes poemas são para você

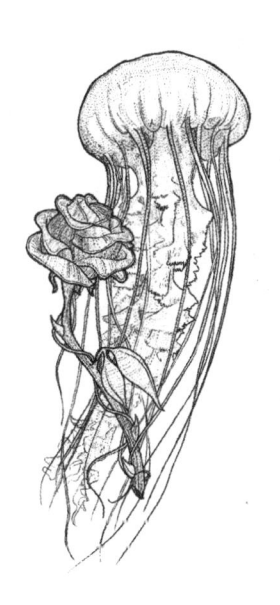

Descreva-a, disseram. Então, tentei pensar em todas as coisas que poderia dizer sobre você. Como a cor do seu cabelo e as sardas nas suas costas. Como você coleciona cadernos no tempo livre e como sua voz é de manhã. Dos seus lábios, curvas e coxas, até a generosidade no seu coração e o fogo nos olhos. Mas quando penso bem, não consegui descrever você exatamente da forma que merece. Porque nos momentos que me olha, eu amo você mais do que um dia vou conseguir epitomizar.

Vivo uma vida em que as coisas são temporárias,
mas com você
todas as minhas paredes cederam
e sei que você vale a pena;
você é qualquer coisa exceto comum.
A cada instante que você murmura meu nome,
pega minha mão, e corre os lábios sobre os meus,
você deveria saber que me apaixono ainda mais.
E quando você me olha com esses olhos,
sei por dentro que você está se apaixonando do mesmo jeito.
Então, garota linda, pode vir do jeito que está
com cada cicatriz e rasgo a remendar.
Encontrei tudo em você;
estou loucamente apaixonada por você.

Não consigo me lembrar da vida sem conhecer você. Tenho certeza disso porque nos conhecemos antes. Como se nós tivéssemos nos visto em outra linha do tempo e talvez sua alma seja a alma que sigo encontrando. Ou talvez seja só porque minha vida antes de você não era nem de perto tão emocionante. Tudo que sei é que quando nos conhecemos, passamos a tarde na frente de uma vista linda, mas eu só conseguia olhar para você.

Ela tem um cabelo que lembra o sol. Às vezes, quando a beijo, parece que a terra está se movendo e eu vou junto. Ela tem olhos verdes que às vezes são claros e às vezes escuros, dependendo da hora. Ela sorri como se soubesse o que você está pensando. Sua pele tem toque macio, mas é dura nos nós das mãos. Seus dedos se enlaçam com os meus no meio da noite. Ela tem cheiro do crepúsculo depois de uma tempestade e não tenho certeza de como ela consegue ser tão linda de manhã, mas ela consegue. Ela tem sardas em lugares que fazem seu corpo parecer o céu, e as marcas são suas estrelas, e mesmo se minha alma conhecesse a dela em mil vidas diferentes, tenho certeza de que me apaixonaria com ela em cada uma.

Apenas a escute. Escute seu coração, mente, corpo e sua alma. E se tiver sorte o suficiente de encontrar uma alma que seja linda, faça questão de contar para ela.

Queria poder dar mais para você
porque é isso que você merece
enquanto velejo pelo mundo.
Por favor, saiba a cada segundo
que você é o que chamo de casa,
se um dia você fosse embora
não sei bem o que faria,
porque você é tudo que preciso.

Esta é minha vida
e vou me apaixonar por você todos os dias
porque você é meu amor
e enxergo você em tudo.

Pode haver momentos em que as coisas simplesmente parecem difíceis
e você segue de tanque vazio,
caminhando às cegas pelos dias.
Pode haver momentos em que as coisas parecem pesar,
como se você só chegasse em último,
e parece que não consegue se tocar.
Mas você é minha vida, e vou passar cada novo dia
lembrando você de sua capacidade,
você é inteligente e forte,
e vai encontrar sua própria via.
Corações podem partir, cabeças podem doer
o mundo pode parecer grande demais,
e tudo parece prestes a perder.
Mas você vai conquistar todas as suas vontades
sem se importar com a dificuldade.
e vou sempre acreditar em você,
em tudo que se determine a fazer.

Nossa pele só vai ser jovem uma vez. Todos os momentos que passamos nuas sob os lençóis, paixão circulando forte e o sangue correndo em nossas veias, serão memórias. Mas daqui a quarenta anos, você ainda vai fazer meu coração disparar quando sua mão tocar a minha, e minha paixão sempre será você.

Logo vem o alvorecer. O sol vai nascer e a grama vai tossir o orvalho da manhã. E estou empolgada, me agitando no sono, porque assim que o sol entrar, posso ver você.

Queria que houvesse um jeito melhor de te contar o quanto te amo. Escrever no céu ou banhar todos meus sentimentos em ouro. Mas a verdade é que é muito mais simples do que tudo isso. Tudo que sei é que acordo todas as manhãs e nunca consigo encontrar as palavras para explicar o quanto sinto por você.

Algo na forma como você usou seu cabelo naquela noite, ou talvez tenha sido o vestido que usou e como ele se prendia a todas as suas curvas em todos os lugares certos. E enquanto eu me ocupei tentando não encarar, você estava pedindo café, e o formato dos seus lábios e até o jeito que você falou foram o suficiente para me derrubar.

Aqui estou eu depois de todo esse tempo, desesperada e loucamente apaixonada por você.

Talvez eu seja das antigas, mas quando penso em você e eu, penso numa casa num subúrbio com nada além de calor dentro, penso em passar todos os meus dias cuidando de você e encarando todos os desafios nas correntes em constante mudança da vida.

Às vezes, quando estou indo para casa, ela vai esperar na porta e me beijar sob a luz desvanecente do dia. Ela vai dizer que é porque se esqueceu de deixar uma chave para mim, mas quando ela me olha, eu sei que é porque sou amada. Houve um momento antes de nos conhecermos e todas as minhas estrelas tinham se apagado, até que um dia ela me encontrou e subitamente não havia mais dúvida. Lá estava ela com um sorriso bem cedo pela manhã e eu me apaixonei de novo. Sonho com ela na casa que vamos ter e todos os nossos dias envelhecendo. Algum dia quando nossa pele estiver gasta e nosso cabelo cinza, ainda vou olhar para ela como se ela fosse o sol num dia de chuva. Nunca vou dizer que sinto muito pelo jeito que me sinto por ela, porque ela é tudo de que preciso. E cada vez que a olho, sei que vamos dar certo em todos os lugares. Ela é honesta, verdadeira e justa, e meu coração pertence a ela com cada memória que compartilhamos. Mesmo que ela nunca entenda por que significa tanto, vou passar todos os meus dias me apaixonando mais e mais por ela.

Fico inundada com sua ausência. Eu me afogo com o quanto sinto saudades. Como você ativa uma tempestade de solidão dentro de mim? À tarde, caminho por campos de flores e vejo casais jovens, juntos e apaixonados. Declaro meu amor por você para as papoulas e peço que tragam você de volta para casa, e, à noite, desejo você e escrevo esses poeminhas tristes.

Nós esquecemos das coisas:
carteiras, chaves, dias da semana.
Às vezes, esquecemos de coisas importantes:
aniversários, ocasiões especiais, reuniões.
Mas nunca vou me esquecer do meu amor por você.
Ele se acoplou tão fundo na minha mente que sonho com você todas as noites. Ele se amarrou tão forte ao redor do meu coração que bate no mesmo ritmo do seu nome. Ele criou um ninho para sempre nos meus pulmões; inspiro e expiro você.
Eu me esqueço das coisas, mas nunca de você.

Parece bobo o que seu nome me causa. Amo a forma do seu nome num cartão que escrevinhei para o seu aniversário. Amo a forma do seu nome numa carta que rabisquei no carro. Amo a forma do seu nome quando brilha no meu telefone. Amo a forma do seu nome quando perguntam se você vem junto comigo. Talvez eu vá conhecer outras pessoas com o mesmo nome, mas nenhum vai bater tão alto no meu coração como quando ouço falarem de você.

Às vezes quando ela está dormindo, penso em acordá-la. Sei que é egoísta, mas desejo o som da sua voz.

Às vezes quando ela está falando, interrompo para beijá-la. Sei que é egoísta, mas desejo o sabor de seus lábios.

Às vezes quando ela não está olhando, roubo seus suéteres. Sei que é egoísta, mas desejo sentir seu cheiro.

Às vezes seguro o rosto dela em minhas mãos para que não possa se afastar. Sei que é egoísta, mas desejo a forma que ela me olha.

Às vezes quando estamos dirigindo, eu pego o caminho mais longo para casa. Sei que é egoísta, mas desejo o toque da mão dela na minha.

Às vezes não consigo controlar os padrões dos meus pensamentos ou a dor no meu peito, porque eu a desejo todo o tempo. Eu desejo tudo dela.

Essa é a melhor parte, quando o sol baixa na tarde e posso me deitar com você e contar sobre o meu dia. Não importa como você está vestida ou sua aparência. Não importa tudo que podemos comprar ou as festas a que nos convidam. Só me importo que você ouça, mesmo que às vezes você termine ouvindo por horas.

Meu coração nunca foi muito sensato.
Eu me perdi em cidades
e fui destruída.
Eu me distraí, brilhando com força
com reações irresponsáveis.
Mas por favor acredite em mim quando digo que
você é a melhor decisão que
já tomei na vida.

As pequenas coisas ainda me dão borboletas no estômago. Como o jeito que você diz: eu te amo sem sequer falar. Quando você me liga para avisar que vai trazer o vinho para o jantar. Quando estou semiadormecida no começo da manhã e você passa as cobertas sobre meus ombros ao sair para o trabalho. Quando tomo banho e noto que você colocou todos os seus pequenos shampoos na minha prateleira. Tem partes de você por toda a minha casa, suas roupas na minha gaveta, suas xícaras de café vazias na minha escrivaninha, e suas joias na mesa. Sempre pensei que o amor era uma questão de grandes momentos, que eu tinha que aguentar a dor porque o amor valia a pena. Ainda assim aqui está você, e nosso amor é apenas simples, puro, um amor que desejo pelo resto de nossas vidas.

Procurando sorvete

Estávamos no supermercado. Você queria sorvete, mesmo fazendo frio na rua. Você não conseguia decidir que sabor e eu fazia piada com você ser tão indecisa às vezes. Sugeri simplesmente comprar todos os sabores e você riu. Foi o tipo de risada que eu poderia escutar pelo resto da vida. Você disse que eu era boba e me beijou, pressionando o corpo em mim para eu poder sentir o frio da ponta do seu nariz. Você estava usando moletom, o cabelo tão bagunçado de ficar na cama a tarde toda. E naquele momento eu soube que amava você mais do que qualquer outra pessoa que já tinha amado. Naquele momento eu soube que você era uma daquelas pessoas que só aparece uma vez na vida. E ainda assim a gente só estava procurando sorvete.

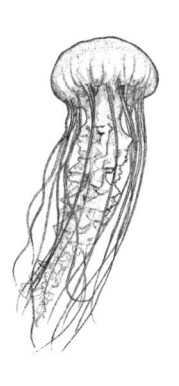

Obrigada por ler este livro. Espero que tenha gostado de ler tanto quanto gostei de escrever.
Você pode ver mais do meu trabalho no X em @CourtPeppernell e no Instagram @courtneypeppernell
Fique à vontade para escrever para mim usando courtney@pepperbooks.org

**Acreditamos
nos livros**

Este livro foi composto em Adobe Garamond Pro e impresso pela Santa Marta para a Editora Planeta do Brasil em maio de 2024.